Lieutenant Ardant du Picq

Une peuplade malgache

Les Tanala de l'Ikongo

LE TOUR DU MONDE

Edition : Culturea (culurea.fr), 34 Hérault
Contact : infos@culturea.fr
Impression : BOD, Norderstedt (Allemagne)
ISBN : 9791041981069
Date de publication : juillet 2023
Mise en page et maquettage : https://reedsy.com/
Cet ouvrage a été composé avec la police Bauer Bodoni

I. – Géographie et histoire de l'Ikongo. – Les Tanala. – Organisation sociale. Tribu, clan, famille. – Les lois.

Le district de l'Ikongo est situé au sud-est de Madagascar, à 40 kilomètres de la côte, entre le Betsileo et la région côtière. Lorsqu'on y pénètre en venant du Betsileo on éprouve une impression de satisfaction, car on quitte une région d'une désespérante monotonie, où tout est gris et triste, où rien ne vient jeter de gaieté sur un morne paysage, pour affronter tout à coup une forêt qui s'étend à perte de vue, sombre, mystérieuse et immense.

Une végétation luxuriante entoure le voyageur. Pervenches d'azur, campanules de pourpre, feuilles vert tendre aux nervures roses, mousses et dentelures des fougères arborescentes, corolles capricieuses des orchidées, autant de fleurs et de rameaux, autant de couleurs et de formes. Les gouttes de résine dorée suintent sur les troncs rugueux ; des lianes inextricables grimpent aux arbres séculaires, étreignant de leurs spires puissantes l'écorce lisse ou les fûts noirâtres des arbres. Au-dessus du sentier, s'élève un dôme de verdure impénétrable au soleil, plein d'humidité et de fraîcheur. Le relief du sol est très accentué : on monte d'interminables lacets, on descend des pentes abruptes, on contourne d'énormes blocs erratiques, on franchit à gué d'impétueux torrents. Une continuelle pénombre rend le paysage encore plus calme et plus mystérieux. Puis brusquement la voûte s'éclaire, les arbres deviennent plus petits et plus rares, et le soleil se montre. On a traversé la forêt et descendu la falaise. On n'est plus qu'à 600 mètres d'altitude.

Le décor est complètement changé. Une mer de collines verdoyantes s'étend vers l'est à perte de vue : c'est le pays des Tanala de l'Ikongo. « Toute la région du nord au sud est remarquable par la beauté de ses paysages, dit en 1882 un membre de la *London Missionary Society*, dans une communication à la Société Royale de Géographie de Londres. Elle est bien arrosée et fertile. À mon avis, le pays tanala est le district le plus riche de Madagascar et offre un vaste champ pour les entreprises agricoles de l'Européen, qui pourra y planter le café, la canne à sucre, la vanille et le thé. Je suis certain que les rivières du pays des Tanala charrient beaucoup d'or… » Les marais et les rizières du Betsileo ont fait place à des torrents qui bondissent dans les rochers, à des cascades qui tombent en nappes d'argent ; l'herbe rabougrie des hauts plateaux s'est transformée en une brousse haute et drue. Les plantes de la région côtière surgissent à chaque pas : c'est l'amomum dont les Tanala utilisent les feuilles pour boire dans les ruisseaux, c'est le bananier chargé de régimes, c'est le bambou aux gracieuses révérences, c'est le gigantesque éventail du pontsina ou arbre du voyageur. Des forêts couronnent la cime des coteaux, des bosquets s'étendent à profusion dans les moindres vallées. Ici tout est vert, tout est gai, tout chante, tout sourit. À chaque instant le spectacle varie : tantôt c'est le son rauque d'un coquillage de mer dont les Tanala se servent en guise de trompe et l'aboiement des chiens qui guident les chasseurs à la poursuite du sanglier, tantôt c'est une ronde enfantine qui chante au clair de lune ; ici les femmes font les semailles dans les cendres de la forêt brûlée, là-bas, dans le village aux toits de chaume, les vieillards jouent aux échecs ou souhaitent la bienvenue à l'étranger en lui offrant du riz et des œufs.

Les manières obséquieuses, l'accent nasillard des Betsileo ont disparu. Les hommes, élégants et fiers, tous armés de la hache, regardent le voyageur avec orgueil, et semblent le toiser. Leur parler est rude et guttural, leurs gestes vifs, leur physionomie intelligente et mobile. Les femmes sont sveltes, élancées, gracieuses.

L'opposition est donc complète entre le pays betsileo et le pays tanala. C'est que la montagne et la forêt ont mis de tout temps entre eux une barrière infranchissable. Les deux routes aujourd'hui les plus fréquentées, de Vinanitelo à Fort-Carnot et d'Ilepombe à Ankarimbelo, n'ont été longtemps que des pistes impraticables, empruntant le cours des torrents et gravissant à pic tous les obstacles. Large en moyenne d'une dizaine de kilomètres, recouvrant les pentes abruptes et les gigantesques dépressions de la falaise, la forêt a isolé les Tanala du plateau central, les a protégés contre la domination et l'influence hova, leur a permis de garder leur indépendance et de conserver encore une civilisation originale.

Leur pays s'arrête vers l'est, à 40 kilomètres de l'Océan. Aucun obstacle ne s'oppose aux relations avec la côte. Le relief du sol s'abaisse lentement, les collines diminuent peu à peu de hauteur, et se fondent progressivement avec les plaines mamelonnées de Vohipeno et de Loholoka. La flore ne varie pas subitement comme du côté de la falaise, l'aspect des villages avec leurs cases en bambous et en paille ne se modifie guère.

Enfin, les Tanala ne présentent pas avec les Antaimorona et les Betsimisaraka le même contraste violent qu'avec les Betsileo. Du côté de Bekatra et de Sahasinaka, ils se sont façonnés au contact de populations plus douces et plus civilisées ; d'autre part, l'Antaimorona et le Betsimisaraka de l'ouest ont subi l'influence de leurs rudes et belliqueux voisins. Il en résulte que l'on descend sans brusque transition, de Fort-Carnot à Vohipeno : les accidents du sol disparaissent, les vallées s'élargissent, les cultures s'étendent, les villages deviennent plus grands et plus peuplés, l'allure des habitants plus paisible ; mais tous ces changements sont progressifs et insensibles.

Véritable hinterland de la région côtière, complètement isolé du plateau central, l'Ikongo est donc ouvert vers l'est à toutes les influences et à toutes les invasions par les grandes coupures du Faraony, de l'Imananano, de l'Imanankara et de la Matitanana. Grâce à leurs longues vallées orientées parallèlement du nord-ouest au sud-est, ces fleuves forment des voies de communication naturelles entre l'Océan et la falaise.

Aussi, leur rôle politique et économique a-t-il été de tout temps considérable. Des conquérants venus d'au delà des mers, les Zafirambo, les ont remontés et se sont établis sur leurs rives ; les armées hova les ont suivis, des pirogues les descendent chaque jour pour porter à la côte les richesses de la forêt : la cire, le caoutchouc, le rafia.

Le fleuve Faraony sépare les Tanala de l'Ikongo, belliqueux et indépendants, de ceux d'Ifanadiana, plus pacifiques, et soumis depuis longtemps à la domination hova.

La Matitanana est le grand fleuve de l'Ikongo. Elle prend sa source derrière le massif de l'Iharanila, coule dans la forêt et vers le nord pendant une dizaine de kilomètres, puis s'infléchit brusquement vers le sud-est. Elle tombe alors de toute la hauteur de la falaise, en une majestueuse cascade, au milieu d'un cirque superbe.

Son principal affluent, la Sandrananta, prend sa source en plein pays betsileo, à l'ouest de l'Iratra. Après avoir coulé paisiblement et servi à l'irrigation des rizières, elle se précipite dans la forêt et se transforme en torrent. Après avoir reçu l'Isiranana, elle porte le nom d'Ambahive, et quand elle rejoint la Matitanana à Andemaka, elle est aussi importante qu'elle. Toutes les deux, elles ont servi de routes aux invasions venues de l'Orient, mais tandis que la Matitanana n'a dans l'Ikongo que son cours supérieur, et est plutôt un fleuve antaimorona, la Sandrananta, au contraire, est la rivière tanala par excellence. Elle coule au cœur de la région, ses affluents en dessinent le relief, ses rives rappellent une foule de légendes. C'est dans ses flots que les descendants des premiers rois ont jeté le pus des cadavres de leurs ancêtres, et c'est ce qui a valu aux Zafirambo leur autre nom de Zanak'Isandrananta.

Enfin, une des pistes les plus fréquentées du pays et qui, si l'on en croit la tradition, aurait existé depuis des siècles, descend sa rive gauche par Fort-Carnot, Marotady, Mahaly, Bekatra et l'Isaranana.

Pour se faire, d'ailleurs, une parfaite idée de la région, il suffit de faire l'ascension de l'Ikongo.

À l'ouest, la forêt noire et profonde, les puissants contreforts de l'Iratra et les hautes cimes de la falaise masquent le plateau betsileo et empêchent toute relation avec le centre de l'île. À l'est, le pays tanala s'étend, accidenté et boisé, véritable Suisse, digne demeure d'une race indépendante ; la Sandrananta serpente et brille au milieu des collines, puis va se perdre dans le pays antaimorona ; au loin, à l'horizon, au-dessus des plaines de la basse Matitanana, se profile la ligne bleue de l'Océan Indien, route mystérieuse des envahisseurs, confuse et incertaine comme la légende des Zafirambo. Ce paysage résume la géographie de l'Ikongo ; il explique son histoire, ses mœurs et sa civilisation.

Il serait trop long de faire l'histoire détaillée des Tanala. Qu'il nous suffise de dire qu'en 1861, Radama II accorda, par la force des choses, à l'Ikongo une indépendance pleine et entière ; que de 1868 à 1894, les Tanala eurent à lutter contre des voisins turbulents qui refusaient de reconnaître leur autorité, et qu'en 1897 leur chef, nommé Tsiandraofana, n'était nullement hostile à notre influence. Le 3 août 1897 nous pûmes installer un poste militaire près de sa résidence. Mais les Tanala étaient trop belliqueux, trop fiers et trop jaloux de leur indépendance séculaire pour écouter les conseils du vieux roi et accepter de plein gré notre autorité. Le 10 octobre, nos soldats durent enlever d'assaut le rocher d'Ikongo, où 4 000 Tanala s'étaient réfugiés. Les rebelles se dispersèrent alors dans la forêt, prêchant l'insoumission et groupant autour d'eux tous les mécontents. En 1899, Andriamanapaka, fils de Tsiandraofana, fit cause commune avec eux, et Andriantsimurina surprit et incendia le poste de Sahasinaka. Nous dûmes battre la forêt en tous sens, couvrir le pays d'un réseau de postes très rapprochés et organiser de véritables chasses à l'homme pour venir à bout de la résistance des dernières bandes d'insurgés.

Signalé partout à la fois et toujours insaisissable, Andriampanoha nous résista jusqu'en décembre 1901. Sa soumission consacra la pacification de l'Ikongo.

Longtemps avant l'occupation française, les Tanala étaient pourvus d'une organisation sociale bien définie. Ils possédaient une foule de coutumes que Tsiandraofana respectait religieusement dans ses jugements, et qui, bien que non codifiées et variables suivant les régions, n'en avaient pas moins force de loi.

Au nombre de 24 000 environ, ils se répartissent encore en six tribus, subdivisées en clans et en familles.

Chacune de ces tribus était autrefois commandée par un noble, sous la suzeraineté de Tsiandraofana. L'autorité de ces chefs était théoriquement très précaire, car aucune loi ne les autorisait à punir leurs sujets en cas de refus d'obéissance.

En réalité, ils exerçaient une affreuse tyrannie. Raboba, toujours ivre, tirait des coups de fusil sur les hommes, coupait les poignets des femmes qui lui résistaient et leur faisait ouvrir le ventre. Rares sont les rois qui ont laissé dans l'Ikongo une réputation de sagesse et de bonté.

Les villages et les familles ont également leurs chefs. De concert avec le *fokon'olona*, ou réunion de tous les hommes libres, ces vieillards règlent certains procès et partagent à l'amiable les terrains de culture. En cas de guerre, les Tanala se groupent aussi par *fehy*, c'est-à-dire par bannières, sous les ordres des plus courageux et des plus influents d'entre eux.

Après la tribu et le clan, la famille est un des éléments constitutifs de la société. Elle est toujours très nombreuse, et les liens de parenté sont à la fois très étendus et très vagues.

La plupart du temps, les Tanala désignent du même nom leurs grands-pères et les frères de leurs grands-pères, leurs pères et leurs oncles, leurs fils et leurs neveux. Quand on veut être renseigné avec certitude sur leur famille, il faut avoir soin de leur demander s'ils parlent réellement du père qui les a engendrés ou du frère de ce père, de leur propre fils ou du fils d'un de leurs frères, sœurs ou cousins.

Les adoptions et la coutume de l'échange du sang rendent encore la parenté plus confuse. Un Malgache peut toujours adopter quelqu'un, à n'importe quel âge et dans n'importe quelles conditions. La personne adoptée porte dès lors le titre de fils ou de fille, et elle a les mêmes droits qu'un enfant par la nature.

Dans la cérémonie de l'échange du sang, ou *vahi-ra*, deux Tanala se font une légère incision sur la poitrine et se boivent mutuellement quelques gouttes de sang en prononçant des imprécations et des formules sacrées. Ils sont dès lors « frères de sang », se doivent aide et assistance, et se considèrent comme aussi unis que par les liens de la nature.

Les esclaves faisaient également partie de la famille. Ils étaient capturés pendant la guerre, ou achetés aux trafiquants. Leur maître les traitait comme ses enfants : ils mangeaient et couchaient dans sa maison. Il pouvait les vendre, mais non les tuer, même en cas de tentative d'évasion. Une petite fille valait 16 bœufs, une femme 13 et un petit garçon 11. Un homme n'en valait plus que 3, car il pouvait à chaque instant prendre la fuite. L'abolition de l'esclavage fut annoncée aux Tanala le 6 août 1897.

La polygamie est encore d'un usage courant dans l'Ikongo. Le nombre des femmes peut être illimité, mais les plus grands chefs se contentent aujourd'hui d'une dizaine de compagnes. L'épouse préférée porte le nom de *vadi-be* et a autorité sur les autres.

Chez le peuple, deux jeunes gens ne peuvent s'unir que tant que leurs familles ont des tombeaux différents. Chez les Zafirambo, le mariage est interdit entre cousins germains issus de deux frères, mais il est permis entre cousins issus d'un frère et d'une sœur. Le maître peut épouser une de ses esclaves, et la condition de celle-ci se trouve alors modifiée suivant les coutumes locales. Chez les Sandrabe, elle devient libre par le fait même du mariage et sans autre formalité ; chez les Marohala, elle ne le devient que si son maître l'a proclamé en présence du fokon'olona ; chez les Antaisahafina, elle continue à être esclave et porte le nom de *vadi-sindrano.* Néanmoins, les enfants qu'elle a avec son maître naissent et restent libres. La femme et les enfants en âge de raison sont toujours consultés pour les affaires de famille.

Tout noble qui prend la femme d'un roturier doit payer en guise d'amende : à Fort-Carnot et à Sahalanona, une vache pour le peuple ; à Bekatra une ou deux piastres selon le cas ; à Sahasinaka, un bœuf de deux ans ; à Ankarimbelo, quatre bœufs dont trois pour le mari trompé et un pour le peuple. Si c'est un roturier qui prend la femme d'un noble, les amendes sont plus lourdes : à Belowoka, une vache ; à Sahasinaka et à Bekatra, un bœuf de six ans ; à Sahalanona, huit bœufs d'amende ; à Fort-Carnot, huit vaches. Les coutumes d'Ankarimbelo sont plus sévères : tout roturier qui prend la femme d'un noble devient l'esclave de ce noble, à moins de payer une amende de quinze bœufs, dont onze pour le mari et quatre pour le peuple.

Il faut d'ailleurs remarquer que le mari peut divorcer sans aucune formalité, et que la femme n'a droit à aucune compensation, pécuniaire ou autre, à moins d'un contrat de mariage spécial.

Dans les cas graves, un père peut rejeter son enfant qui dès lors ne fait plus partie de la famille. Autrefois l'enfant qui se laissait aller à un besoin naturel au moment de la circoncision était mis à mort. Son oubli était considéré comme une preuve de l'infidélité de sa mère, qui était répudiée. On se contente aujourd'hui de le rejeter.

Lors du mariage, les biens des conjoints ne sont pas mis en commun ; il en résulte que s'il n'y a pas de postérité et qu'un des époux vienne à mourir, ses biens retournent à sa famille et non pas à l'autre conjoint ; si au contraire des enfants sont issus du mariage, la fortune de leurs parents leur revient de droit.

En cas de partage d'un héritage entre deux enfants de sexe différent, le garçon est avantagé. À Fort-Carnot et à Ankarimbelo, il reçoit les deux tiers des biens ; à Belemoka, à Bekatra et à Sahalanona, la fille confie sa part d'héritage à son frère, sans toutefois y renoncer et à charge d'être entretenue par lui ; à

Sahasinaka, l'héritage est partagé également entre tous les enfants, quel que soit leur sexe.

D'une façon générale, l'aîné est avantagé. Si l'héritage comprend 4 bœufs, chaque enfant en aura 2 ; mais s'il en comprend 5, l'aîné en aura 3 et le cadet 2. L'aîné peut recevoir ainsi jusqu'aux deux tiers de l'héritage. S'il y a plusieurs enfants, garçons et filles, le fils aîné est avantagé, et les autres ont des parts égales. À Bekatra, l'héritage est mis en commun et reste indivis si les enfants sont issus de la même mère ; s'ils sont nés de mères différentes, les biens sont également partagés entre eux. Les enfants par l'adoption ont les mêmes droits d'héritiers que les enfants par la nature.

Les coutumes règlent donc les rapports entre tous les membres d'une même famille, et ont force de loi. Elles déterminent également les droits et les devoirs de chaque individu dans la société, fixent les règles de l'instruction et de la procédure, la quotité des peines et des amendes, la nature des crimes et des délits.

Il existe dans l'Ikongo deux degrés de juridiction : le *fokon'olona* et le *zafirambo*, chef de tribu.

Le fokon'olona est la réunion de tous les hommes libres du village, du clan ou de la tribu. Il est présidé, suivant l'importance de l'assemblée, par un chef de village, de famille ou de clan, ou bien par les délégués du roi. La plupart du temps ces délégués sont zafirambo, quelquefois roturiers. Dans ce dernier cas, ils ont été choisis comme conseillers à cause de leur sagesse et de leur influence. Le fokon'olona ainsi constitué peut infliger des amendes dont il fixe lui-même la quotité ; il connaît en premier ressort de toutes les affaires qui lui sont présentées ; toutefois, après s'être de lui-même déclaré incompétent, il peut les renvoyer devant le zafirambo, chef de tribu. Les parties ont également le droit de faire appel devant ce second tribunal, si le jugement du fokon'olona ne les satisfait pas. Le zafirambo, assisté de ses conseillers, confirme ou casse la première sentence. Un procès peut être encore porté directement devant lui, et il juge alors en premier et dernier ressort. Il a seul qualité pour prononcer une condamnation à mort.

L'affaire est instruite par le fokon'olona sous la direction de ses chefs ou des délégués du roi. Le nombre de témoins requis varie avec les régions. En cas d'insuffisance de témoins, il est procédé à l'épreuve du tanguin. Ce poison n'y joue d'ailleurs aucun rôle. À Fort-Carnot, on effet, le roi se contente de jeter une pierre dans de l'eau bouillante, de la faire prendre par un des assistants et de la lui faire déposer lentement dans un panier. L'opérateur est alors gardé à vue, et si le lendemain sa main est échaudée c'est que l'accusé est coupable. Il est à remarquer que l'inculpé ne subit pas personnellement l'épreuve, de peur qu'il n'emploie des sortilèges pour se préserver des brûlures. À Ankarimbelo pourtant, il lèche lui-même un fer chauffé à blanc, et si sa langue reste indemne il est réputé innocent. Dans un procès où les deux parties ne peuvent pas produire de témoins, on les fait nager dans un remous de la Matitanana, près du confluent du Manambondro. Les caïmans épargnent l'innocent et happent le coupable… En cas de vol, les chefs de village réunissent tous les habitants et se font rendre compte de l'emploi de leur temps. Ceux qui ne peuvent pas justifier de leur absence sont réputés coupables.

Les amendes consistent en piastres, quelquefois en bêches ou en rhum, le plus souvent en bœufs. Elles sont partagées en proportions variables entre le plaignant, les juges et les assistants. Elles servent donc à la fois de dommages-intérêts à l'une des parties et d'émoluments au tribunal. Distribuées au peuple, elles consacrent le jugement et ajoutent à sa solennité.

Les punitions de prison sont inconnues. Les assassins seuls sont frappés de la peine capitale. Les parents de la victime, aidés de la foule, les tuent à coups de hache et de sagaie ou bien les étranglent, dès que le roi a prononcé la sentence de mort, et sans autre formalité. À Bekatra, ils peuvent demander en plus la confiscation des biens du coupable. À Ankarimbelo, le condamné à mort doit payer quatre bœufs d'amende que l'on égorge en même temps que lui. Son corps est enterré sur le lieu de l'exécution, au lieu d'être déposé dans le tombeau familial.

En fait de délits, les coutumes tanala ne prévoient et ne répriment guère que le vol. Un voleur de bœufs est condamné à les restituer. Il paye en plus tantôt une amende fixe de un à huit bœufs, tantôt une amende proportionnée à l'importance du larcin. D'après les coutumes de Belewoka, un voleur de volailles doit en restituer le double ; partout ailleurs il ne restitue que ce qu'il a volé, et pour lui faire honte les gens du village lui jettent à la tête des plumes et des intestins de poule. Celui qui vole une ruche doit rembourser le prix du miel et de la cire et payer un bœuf ou une dame-jeanne de rhum. Celui qui vole de la toile est condamné à la restitution et à une amende d'une piastre par pièce d'étoffe dérobée. Un voleur de riz doit généralement en rembourser la valeur et payer une amende de un à quatre bœufs. D'après les coutumes de Sahasinaka, s'il est insolvable, il peut devenir l'esclave de son créancier. Les vols de manioc, de patates, de cannes à sucre ne sont ordinairement prévus et réprimés par aucune coutume. Toutefois sont frappés d'une amende d'une vache ceux qui volent du manioc dans un champ en quantité suffisante pour faire une charge d'homme. Ceux qui ne dérobent que quelques racines, pour apaiser leur faim, ne sont pas punis.

Telle était l'organisation sociale de l'Ikongo avant la conquête française. Nous n'y avons apporté que les modifications indispensables. La division en clans et en tribus subsiste encore sous des noms différents ; les zafirambo les plus populaires et les plus dévoués à notre cause ont conservé leurs anciens commandements, les autres ont été remplacés par des chefs élus par le peuple. Nous nous sommes contentés d'abolir l'esclavage et d'assurer à la femme une situation plus stable dans la famille. Elle était autrefois à la merci de son époux. Devenue vieille, elle était répudiée et une rivale plus jeune la remplaçait. L'établissement de l'état civil et les progrès de la morale lui assurent aujourd'hui une condition sociale plus digne et moins précaire. Dans les jugements, il nous a suffi de nous inspirer des lois de Tsiandraofana, en supprimant les dispositions trop barbares, et en adoucissant les pénalités trop rigoureuses. Il nous a été ainsi très facile de concilier avec la civilisation et avec l'humanité le respect que l'on doit aux coutumes et aux traditions d'un peuple.

Il serait étonnant que les Tanala, pourvus d'une organisation sociale avancée, possédant une histoire et des traditions, n'eussent pas également une religion. Ils croient, en effet, en un Dieu unique, éternel et créateur, Zanahary, et à l'immortalité de l'âme. Leurs poétiques croyances, leurs ingénieuses explications sur l'origine du monde et sur les destinées humaines sont comparables aux plus beaux souvenirs de la mythologie grecque et romaine. La descente du Fils de Dieu sur terre, la création successive de l'homme, du soleil, des étoiles, ne nous font-elles pas penser aux légendes les plus pittoresques de l'antiquité ?

La Terre, dit le conteur tanala, voulut une fois combattre le Ciel. Pour l'atteindre, elle se gonfla et donna ainsi naissance aux montagnes. Dieu intervint alors : « Je suis votre créateur, dit-il, ne vous battez pas. Si la Terre se plaint de ne pas avoir d'habitants, je vais la peupler. »

Il créa alors les races humaines : les Vazaha ou Européens, les Tanala, les Bara, les Antaimorona, les Betsileo, les Betsimisaraka, les Hova. Les races noires, pressées de descendre sur terre, n'attendirent pas les instructions divines, et restèrent dans l'ignorance. Les Vazaha demeurèrent plus longtemps auprès de Dieu, écoutèrent ses conseils, apprirent ce qui leur était nécessaire dans la vie, et reçurent tous les dons, sauf celui de création. C'est pour cette raison qu'ils savent tout faire, sauf animer un être. Munis de tous ces présents, ils descendirent à leur tour sur terre, et Dieu créa la mer pour les séparer des races noires, afin qu'ils ne devinssent pas ignorants et barbares à leur contact.

Dieu dit alors à son Fils, Zanazanahary : « Réunissez les peuples de la terre, à l'exception des Vazaha, et demandez-leur ce qu'ils veulent. »

Le Fils descendit sur terre : « Mon Père, s'écria-t-il, a dit que les Vazaha, semblables aux bananiers, mourraient pour ne plus reparaître, et que leurs fils les remplaceraient. Et vous ? voulez-vous mourir comme les Vazaha, ou bien comme la Lune qui meurt pour renaître chaque soir ? » – « Nous voulons mourir comme les Vazaha, à la façon des bananiers », répondit le peuple. C'est pour cette raison que les vieillards trépassent pour laisser la place à leurs enfants.

Le Fils de Dieu ajouta :

« Je vous donne pour vêtements l'écorce des arbres et le jonc des marais, et je pourvoirai à votre nourriture. Je reste encore un jour sur terre. Allez et réfléchissez, car vous pourrez me demander ce que vous voulez. »

Un homme, profondément endormi, n'avait pas répondu à l'appel du Fils de Dieu ; apprenant par le peuple qu'il était encore sur terre, il alla le trouver : « Vous avez comblé les autres de bienfaits, lui dit-il ; mais à moi, qui étais absent, qu'allez-vous me donner ? » – « Je te fais maître de la terre, répondit le Fils de Dieu. Va-t'en et dis aux hommes que tu es leur roi ; tu empêcheras ceux qui te désobéiront de cultiver la terre et de nourrir ainsi leur famille, et je les tuerai. »

Le Fils de Dieu regagna alors le ciel, et, en s'élevant dans les airs il eut l'idée de tuer un homme, pour voir ce que feraient les autres. Les autres se mirent à pleurer, et le Fils de Dieu, ému de cette douleur, alla demander à son Père des remèdes pour le ressusciter.

Après avoir reçu une poussière destinée à la résurrection des morts, il redescendit sur terre. Mais il se trouvait encore dans le firmament, qu'il vit chanter et danser les hommes qui pleuraient auparavant. « Puisqu'ils se consolent de la mort, s'écria-t-il, je ne leur donnerai pas la poussière de la résurrection », et il la jeta dans les eaux et dans l'air. Aussi, depuis ce temps-là, l'air guérit les hommes étouffés par la chaleur, et l'eau, projetée sur un malade évanoui, le ramène à la vie. Parvenu dans le ciel, le Fils de Dieu rendit compte à son Père de sa mission : « Quand j'ai quitté la terre, les hommes pleuraient ; quand j'y suis revenu, ils dansaient ! » – « Puisque la mort ne les attriste pas, répondit le Père, je les ferai mourir, eux et leurs enfants. La terre ne gardera que leurs os, et leurs âmes monteront au ciel. »

Dieu créa alors le Soleil, la Lune et les Étoiles pour éclairer le monde, puis il leur dit : « Mon Fils est malade ; le devin exige pour sa guérison la mort de l'un d'entre vous. » – « Non, répondirent les astres, nous ne pouvons pas donner notre vie pour la guérison de votre Fils. » Dieu s'adressa alors aux nuages : « Qui d'entre vous veut sacrifier sa vie pour le salut de mon Fils ? » – « Tuez celui que vous voudrez parmi nous, répondirent-ils, si cet holocauste peut sauver votre Fils. » – « Puisque vous êtes prêts à donner votre existence pour mon Fils, je vous considère comme mes enfants », s'écria Dieu, et pour les récompenser il leur donna le pouvoir d'obscurcir le Soleil, la Lune et les Étoiles.

Comme on le voit, le Dieu des Tanala est encore primitif ; il est fait à leur image, et, comme eux, il consulte le devin à propos de la maladie de son Fils. Mais à côté de cette conception encore bien simple de la divinité, il existe une croyance très précise en l'immortalité de l'âme.

Les Tanala donnent à l'âme trois noms différents. Tantôt, ils l'appellent *aloya*, et ce mot semble désigner la forme extérieure de l'âme, c'est-à-dire une ombre. Malheur à celui qu'effleure cette ombre : c'est pour lui un signe de mort. Tantôt ils la dénomment *ambiroa.* L'ambiroa paraît être l'essence même de l'âme, ce qu'il y a en elle d'impalpable et d'immortel. Tantôt enfin, ils la désignent par le mot *pahasivy,* c'est-à-dire « neuvième » ; dans le *sikidy*, en effet, l'âme des morts est représentée par la neuvième figure : il en résulterait que cette appellation pourrait s'appliquer aux âmes des morts considérées comme bienfaisantes ou malfaisantes dans leurs rapports avec les vivants, et à qui l'on adresse des prières, des offrandes, des sacrifices.

L'âme ne monte pas directement au ciel ; elle subit d'abord une série de passages dans le corps de certains animaux, les uns imaginaires, les autres réels. Ces diverses transformations rappellent la théorie de la métempsycose : elles en diffèrent toutefois en ce sens que l'homme pourrait, dans une certaine mesure, choisir lui-même la future demeure de son âme. D'après la croyance la plus répandue, l'âme des morts se transforme d'abord en *kokolampy.* Ce kokolampy est un être imaginaire : spectre à longs cheveux, il erre dans les forêts sombres, rôde autour des tombeaux, se nourrit de crabes, et le jour se cache dans les grottes. La nuit, il fait entendre des appels sinistres, analogues, mais avec plus d'intensité, au chant quatre fois répété de notre chouette. Alors, le silence règne, lugubre, dans les villages ; les conversations cessent, et quelquefois, dit la légende, la toiture des cases s'écroule, les feux s'éteignent. Le cri du kokolampy est sans doute celui de l'oiseau appelé anka ou *torotoroka*, mais il inspire dans l'Ikongo une crainte superstitieuse, et jamais un Tanala n'ose s'aventurer seul la nuit dans la grande forêt. Quand le kokolampy meurt, l'âme se réfugie dans le corps d'un gros papillon nocturne, très avide de miel, le *voangoambe.* Quand on le rencontre, c'est un signe de mort pour un membre de la famille. À la mort du voangoambe, l'âme passe dans le corps d'un caméléon du Tam-be ; puis dans celui d'un insecte appelé *angalatsaka,* et enfin dans celui de la fourmi. À la mort de la fourmi, l'ambiroa reste libre dans les airs.

Les transformations de l'âme peuvent encore être différentes. Elle vient habiter parfois dans le corps du *vorondreha*, sorte de gros faucon que les Tanala s'abstiennent de tuer, et dont le cri présage pour eux soit le décès d'un roi, soit une guerre future. À sa mort, cet oiseau se transforme en ces légers tourbillons de vont, *vara*, qui entraînent à la surface du sol des brindilles et des feuilles sèches. Malheur à un Tanala quand le vara se dirige vers lui ! Malheur à lui, quand, ce tourbillon faisant du bruit dans les herbes, il va voir ce que c'est et trouve un œuf de perdrix : c'est un signe de mort pour lui ou pour ses parents. Enfin, les âmes peuvent aussi habiter dans le corps de toutes sortes d'animaux, même des caïmans.

Les mânes des morts portent encore deux noms différents : les *lolo* et les *angatra*. On a cru voir quelquefois, dans les angatra, la personnification du principe du Mal, en opposition avec Zanahary, le principe du Bien. Cette conception de deux divinités, l'une bienfaisante, l'autre malfaisante, et toujours en lutte, n'existe pas chez les Tanala. Pour eux, les angatra ou lolo sont simplement les âmes des défunts. Elles errent sur la terre, rôdent autour des villages, se groupent dans les champs, formant de véritables cités des ombres.

Il existe telle rizière, à l'est de Fort-Carnot, que les indigènes ne cultivent jamais : elle est habitée par les lolo. Il existe tel terrain près de Marotady, où les Marohala ne veulent pas construire de maisons ; il est hanté par les angatra.

Le massif de l'Iratra ou Ambondrombe forme les Champs-Élysées de la légende malgache. C'est là que demeurent les âmes des Tanala, des Betsileo, des Bara, des Hova ; c'est de là aussi que descend le Maintimbahatra, rivière sacrée de l'Ikongo. Dans son cours de 30 kilomètres, au milieu de la forêt vierge, dans ses ondes fraîches, transparentes et rapides, viennent se désaltérer les lolo qui errent dans les bois. C'est là aussi qu'habitent les fées, les *andriambavyrano* aux longs cheveux, qui nagent dans les eaux profondes, et se cachent dans le creux des rochers.

Les âmes des morts ne se désintéressent nullement de ce qui se passe sur terre. Elles continuent à avoir des besoins, elles s'adressent aux vivants, leur envoient des songes, leur demandent des offrandes et leur donnent en échange la santé ou la maladie. Souvent même, elles sont malfaisantes, et, quand on ne peut pas se concilier leurs faveurs, on cherche à les éloigner des villages par tous les moyens possibles. Ainsi, afin de les empêcher de pénétrer dans les cases, on place près de la porte une petite massue et une hachette en bois, recouvertes d'un chapeau de paille. Cette conception toute physique de leur existence, cette notion de leur toute-puissance et de leur ingérence continuelle dans les affaires de ce monde, ont pour conséquence le culte que les Tanala professent pour elles.

Si l'on parcourt l'Ikongo, on trouve à chaque pas des monuments de pierre. Certains consistent en d'immenses pierres levées, tantôt isolées, tantôt groupées, et atteignant parfois 3 et 4 mètres de hauteur. Ces sortes de menhirs portent le nom de *vato-lahy* ou d'*orimbato*. Ils n'ont pas un caractère religieux très marqué. Tantôt ils sont destinés à perpétuer la mémoire d'un homme ; tantôt ils rappellent certains événements, grandes palabres, traités entre les rois tanala ; les vato-lahy de Marotady consacrent un pacte d'alliance conclu entre les chefs zafirambo ; tantôt ils ont été élevés lors de la fondation d'un village, et dans ce cas ils portent plus particulièrement le nom d'*orimbato ;* tantôt enfin, leur signification s'est perdue dans le cours des siècles : le menhir d'Antaranzaha a été élevé par les hommes d'autrefois, à quelle occasion ? en quel honneur ? les indigènes eux-mêmes n'en savent rien.

D'autres monuments, très nombreux encore dans le pays tanala, ont la forme de dolmens. Tantôt, ils sont isolés et se dressent au bord d'un sentier, sous un arbre ; tantôt, ils forment des alignements de quatre à six autels. C'est là qu'avant d'enterrer leurs morts, les Tanala viennent verser le pus et les matières liquides qui découlent des cadavres ; c'est là que d'après eux, habitent les âmes des ancêtres, c'est là aussi qu'ils leur adressent leurs prières et leurs remerciements. On y trouve toujours une feuille d'amomum ou de bananier, autrefois pleine de riz et de manioc, avec un nœud de bambou destiné à recevoir du rhum ou du miel. Souvent, les offrandes sont plus variées et plus appropriées aux divers besoins des âmes. À Vohimary existe un alignement très pittoresque. Un autel est dédié aux mânes d'une femme ou d'un enfant : il est surmonté d'un jouet ; d'autres sont dédiés à des hommes : on y voit une assiette, une pipe, un chapeau, un bambou contenant du rhum. À côté de chaque dolmen, se dressent des pierres en forme de bornes et revêtues d'étoffes destinées à servir de vêtements aux lolo. Enfin, en arrière de cet alignement, s'élève une perche surmontée de deux cornes de bœuf, témoignant de la piété des habitants de Vohimary et des sacrifices qu'ils font aux mânes des défunts.

II. – Religion et superstitions. – Culte des morts. – Devins et sorciers. – Le Sikidy. – La science. – Astrologie. – L'écriture. – L'art. – Le vêtement et la parure. – L'habitation. – La danse. – La musique. – La poésie.

Le culte des morts est une conséquence de l'idée que les Tanala se font de la vie future. C'est encore sur terre que l'âme habite après la mort. Aussi, dès son vivant, le Tanala se préoccupe de son tombeau. Il le veut dans telle vallée, parce qu'autrefois il y a trouvé du miel en abondance, et que plus tard, son âme y pourra butiner sans trêve. Il le veut dans telle forêt, parce que les plantes y répandent leur parfum, ou s'y couvrent d'une blanche floraison.

Ralay, officier adjoint à Ankarimbelo, meurt à Fianarantsoa en 1901 ; mais il veut être enterré dans son pays natal, et reposer à côté de son grand-père Ramandoro. En général, chaque famille a son tombeau. Ces sépulcres, désignés sous le nom de *kibory* ou de *trano-mena*, sont de simples grottes cachées dans la forêt. Celui de Milakisiry se trouve à l'entrée d'un tunnel formé par deux roches arc-boutées. Sa voûte est tellement basse qu'un homme n'y pénètre qu'en rampant. Il se divise en deux compartiments : dans l'un, on dépose les roturiers, dans l'autre, les nobles. Un amoncellement de pierres en ferme l'entrée. Quand la grotte a la forme d'un puits, comme celle de l'Andohavato, elle est surmontée d'une maison.

Les inhumations sont l'occasion de grandes cérémonies. Les cercueils sont faits d'un tronc d'arbre creusé, et, si le défunt est un zafirambo régnant, le couvercle est surmonté de deux cornes en forme de croissant, appelés *lokahazo.* Ils sont ordinairement recouverts d'un drap blanc ou rouge. En accompagnant le corps jusqu'au tombeau, les hommes et les femmes exécutent des chants et des danses funèbres. Le cortège s'avance lentement, au son d'un air lugubre, mais brusquement le rythme éclate en cris d'épouvante et les porteurs, comme saisis de peur devant l'horreur de la mort, reviennent subitement en arrière en courant et en trépignant. Le chant recommence ensuite triste et régulier, et la marche en avant se poursuit interrompue de temps en temps par des hurlements de frayeur et par des reculades inattendues. Les corps sont quelquefois ensevelis sans cercueil. Le cadavre de Ralay, par exemple, fut retiré de la bière et déposé dans le kibory, enveloppé d'un simple linceul, car, au dire des assistants, il n'était pas convenable qu'il fût inhumé autrement que ses ancêtres. Son cercueil fut donc abandonné et renversé au milieu des fleurs et des ananas. À la saison prochaine, les abeilles devaient l'habiter et le remplir de miel. Le tombeau fut refermé et un parent prit alors la parole : « Ramandoro, toi qui reposes dans cette grotte, voici ton petit-fils ! Montre-lui ce que tu manges, car voici la bouteille et l'assiette que nous vous offrons ! » Ces objets furent placés près de l'ouverture du kibory, tellement on était persuadé que les lolo viendraient en faire usage. Les Tanala immolèrent ensuite un bœuf et célébrèrent le repas funèbre au pied d'un vato-lahy.

Les idées des Tanala sur la vie future, sont lourdes de conséquence. La terre n'appartient pas seulement aux vivants, elle appartient également aux morts. Le mot *karazan-tany* ne signifie pas simplement le pays où dorment les aïeux, il signifie encore le sol où les âmes des défunts continuent à vivre. Le karazan-tany c'est la forêt où errent les mânes des vieux zafirambo, c'est la rizière où voltigent les lolo, c'est le torrent où s'abreuvent les kokolampy. C'est une terre sacrée, héréditaire, inviolable, c'est la patrie au sens le plus précis du mot. Avant notre arrivée, ni les Hova, ni les Betsileo, ni les Betsimisaraka, ni les Antaimorona ne pouvaient la fouler sans sacrilège. Un Tanala seul avait le droit de posséder la terre tanala, et s'il en aliénait une parcelle en faveur d'un étranger, les lois de Tsiandraofana annulaient la donation, et le punissaient d'une amende de quatre bœufs, dont un pour le chef et trois pour le peuple.

À côté de ces croyances à l'existence de Dieu et à l'immortalité de l'âme, il existe chez les Tanala une foule de superstitions grossières. Elles ont trait à la religion, à la médecine et à la divination. Les *ombiasa* ou *mpisikidy*, qui en sont les dépositaires, sont à la fois des devins, des médecins et des sorciers ; ils mériteraient même le nom d'astrologues, en ce sens qu'eux seuls connaissent la division du temps, le nom des années, des mois et des jours.

Une de leurs principales attributions est de deviner l'avenir à l'aide du *sikidy*. Le *sikidy zoria* et le *sikidy polakelatra* consistent en séries de combinaisons faites avec les graines et les noyaux de certains arbres de la forêt, et d'après lesquelles l'ombiasa lit et prédit l'avenir. Dans le *sikidy fasina*, le devin étend sur un van une couche de sable, mince et uniforme, puis avec son index il frappe par trois fois les bords du plateau pour réveiller les esprits. Il prononce en même temps l'invocation suivante : « Réveillez-vous, grains de sable ; réveillez-vous, sikidy, grains de sable qui ne reposez pas, grains de sable qui ne dormez pas et qui fûtes jadis bercés par les flots ou confluents des fleuves.

« On ne vous réveille pas pour des parents morts au sud ou au nord, mais c'est moi qui vous interroge. Et je vous interroge, grains de sable, parce que vous entendez les susurrements de Dieu, parce que vous savez ceux qui mourront et ceux qui vivront. Si vous mentez vous me ferez honte, et si vous dites la vérité vous me comblerez de joie. Andriamatahitany était votre maître, il vous a semés dans les vallons. Mais la caille vous a dispersés avec ses pattes ; Andriamatahitany vous a ramassés et vous a répandus à Ampasimahanoro. Il vous a doués de mouvement. « Vous êtes, a-t-il dit, le sable qui ne repose pas, le sable qui ne dort pas ». Et c'est vous que je réveille, ô grains de sable, et voici la question que je vous pose.... »

L'ombiasa trace alors avec son index seize virgules sur le sable, en l'honneur des seize figures du sikidy. Elles ont toutes une signification. Les unes représentent l'oracle, les autres celui qui le consulte, ou bien sa mère, sa femme, ses enfants, sa fortune et sa maison. Certaines encore représentent Dieu et les âmes des morts, les rois et le peuple. Le devin les invoque successivement, puis il répand le sable uniformément sur le plateau et, en y décrivant de mystérieuses courbes, il va obtenir le dessin des quatre premières figures du sikidy, qui lui serviront ensuite à déterminer les autres. Chacune d'elles est un personnage ayant une tête, un cou, des reins et des pieds. Selon le nombre de traits qui composent les diverses parties de leur corps, ces personnages portent des noms différents : Aldébaran, Ali-be-avo, Kariza, etc. Ils comprennent des nobles et des esclaves, répartis en quatre groupes correspondant aux quatre points cardinaux. Quand l'ombiasa a esquissé les seize figures sur le sable, il lui est facile de deviner l'avenir par des procédés analogues à ceux de nos tireuses de cartes. Malheur à celui qui consulte l'oracle, quand il est représenté par Adalo, esclave du nord, ou Alikisy, esclave de l'ouest ! Malheur à lui, quand ses ennemis s'appellent Asombola, noble du sud, ou Alohotsy, noble de l'est. Son foyer est menacé quand sa femme est figurée par le faible Alaomara, et ses amis par le puissant Alahokola.

Toujours crédule, le Malgache écoute avec respect les paroles de l'oracle. Il les trouve claires et transparentes comme le prisme de quartz symbolique que le devin a placé sur son van ; et, après avoir largement payé le mpisikidy, il s'éloigne, joyeux ou triste, selon les réponses qui lui ont été faites, mais toujours persuadé de leur véracité.

Les Tanala donnent le nom de *fadrita* ou de *vinta* aux causes plus ou moins imaginaires des maladies, jours néfastes, objets ou êtres malfaisants, attouchements impurs. Il en résulte que, pour guérir une maladie, il suffit d'en supprimer ou d'en conjurer les causes : cette opération s'appelle le *fangalapaditra*, et est du ressort des ombiasa.

Le plus souvent, les ombasias se contentent de prononcer des paroles magiques, en agitant sur la tête du patient des remèdes bizarres, morceaux de bois et autres amulettes. Voici une de ces incantations : « Sortez ! sortez !... Quel est celui qui a jeté un sort sur le malade ?... Moi, Raitsara, je n'interroge pas les vinta. Lors de la pleine lune, les vinta ont répandu leur fiel... Heureux sera le jour où je les détruirai ! C'est le devin qui reçoit les offrandes, et le devin, c'est moi ! Que la main du malade soit généreuse ! Andriamitilimanana, ombiasa accroupi sur le sable ! Andriamitilimanana, toi qui reposes sur le gravier !... Le renard est malade, l'écureuil a la fièvre. Je tiens les fadrita, car ils sont revenus. Les vinta sont beaux, je les tiens, ils ne partiront plus. Le miel est dans la gourde, il ne coule pas, il ne suinte pas. Je mange des arachides. Je tiens les vinta, et ils ne m'échapperont plus ».

Ces incantations ressemblent parfois à de longues litanies que le devin récite après avoir fait le sikidy.

Il arrive souvent que ces mystérieuses incantations, ces longues litanies, ces interminables énumérations de remèdes magiques, ne parviennent pas à chasser la maladie du corps des Tanala.

L'ombiasa a alors recours à une cérémonie appelée *salamanga* ou *bilo*, et qui ressemble à un exorcisme. Le patient porte également le nom de salamanga. L'ombiasa fait asseoir le malade, avec quelqu'un derrière lui pour le soutenir et le recevoir dans ses bras. Par trois fois, il fait tourner au-dessus de sa tête une assiette en bois contenant de l'eau et des amulettes, puis il l'abaisse devant son visage et le frappe brusquement du plat de la main. Alors, paraît-il, le malheureux s'évanouit, les tambours résonnent, l'encens brûle, les femmes chantent et battent des mains, les assistants commencent à se gorger de rhum ou, à défaut d'alcool, d'eau parfumée avec l'écorce de l'arbre appelé *hazomanga*. Dès que le malade a repris connaissance, on le fait sortir de sa case pour danser sur la place publique. Il ne peut pas parler et regarde toujours le ciel où son âme s'est envolée. L'ombiasa place alors des amulettes dans la case du salamanga, et désormais il en faudra faire trois fois le tour avant que d'y entrer. Les objets appartenant au malade, ses ustensiles de ménage, ses vêtements, ses armes, sont placés sur des étagères en bois peintes de raies blanches, rouges et noires. Il ne doit pas manger les aliments cuits sur le sol. Aussi le foyer destiné à sa cuisine se trouve sur une table recouverte de terre. Pour manger et pour boire, il fait décrire à sa cuiller ou à son verre une ligne brisée et les remet à leur place avec les mêmes zigzags. Il doit avaler le riz sans le mâcher. Pendant ses repas, les femmes chantent et battent des mains, les hommes battent du tambour. Ces cérémonies durent deux jours.

Le troisième jour, le malade sort pour se baigner et pour se promener. Il doit prendre pour le retour un chemin différent de l'aller et, chaque fois qu'il rencontre de l'eau, s'y précipiter tout habillé. Des hommes vigoureux s'y lancent après lui pour le repêcher. À sa rentrée au village, ses parents lui présentent des bœufs. Encore incapable de parler, il désigne du doigt celui qu'il choisit. On étend aussitôt l'animal devant sa case. Le malade prend alors un couteau, danse et jongle un instant, puis pique le bœuf, et, dès que le sang jaillit, se précipite pour le sucer. Les assistants l'aspergent avec de l'eau, et, quand il a assez bu de sang, ils le relèvent et le font rentrer chez lui pour qu'il dorme. Le bœuf est tué et partagé entre les habitants du village. La tête revient de droit à l'ombiasa.

Le quatrième jour, on conduit le salamanga au bord d'une rivière. On apporte en même temps tous les objets qui lui appartiennent, toutes les amulettes de l'ombiasa, et on les place sur la rive à l'aide de piquets bariolés de raies noires, blanches et rouges. Quatre hommes, porteurs de branches d'amomum, accompagnent le malade. Ils l'entourent de paille et y mettent le feu. Le patient se précipite alors dans l'eau et on jette sur lui les branches d'amomum. Trois hommes le saisissent à la nuque et l'immergent par trois fois. Il peut ensuite rentrer au village, mais il doit s'établir dans une nouvelle case.

Pour son premier repas, on fait cuire dans une marmite un mélange de tous les aliments qui constituent la nourriture des Tanala : riz, manioc, miel, haricots, sanjo, hypomœa, escargots, viandes diverses, etc. ; si l'un de ces mets ne se trouve pas dans la mixture, le malade ne pourra plus y toucher jusqu'à sa mort. Les convives mangent cet étrange plat avec des cuillers en feuilles d'amomum, mais ils ont bien soin de n'avaler que la moitié du contenu de leurs cuillers et de placer le reste dans une assiette que tient le salamanga. Le malade ne doit manger que ce que lui donnent les convives, et ne rien prendre dans la marmite. Après toutes ces épreuves, il est définitivement guéri.

L'ombiasa joue donc un grand rôle dans la société tanala. Le sikidy lui révèle les actes, les intentions, les pensées de ceux qui le consultent. Souvent même, il n'a pas besoin d'y avoir recours pour deviner la cause des maladies. Si, par exemple, le jour de l'alahamaly, un malade ou une femme stérile entrent dans sa case, en heurtant leur pied droit contre leur talon gauche, c'est le mécontentement de leur père qui est cause de la maladie ou de la stérilité ; si, au contraire, ils avaient heurté leur pied gauche contre leur talon droit, la cause de leurs infortunes serait due au mécontentement de leur mère. Mais ce sont surtout les amulettes, les *panafody*, qui constituent pour les ombiasa une source de puissance et de richesse. Ces amulettes sont de simples baguettes de bois ; elles ont la vertu magique de procurer des femmes, de faire trouver des ruches, de permettre le vol en toute sécurité, de préserver des coups de fusil, de protéger contre les maladies et contre les fausses accusations. Aussi les mpisikidy les vendent-ils très cher. Les Tanala crédules les achètent en toute confiance, et les gardent pieusement dans des cornes qu'ils portent à leur ceinture.

Voici, à titre de curiosité, le contenu d'une de ces cornes : d'abord, les objets nécessaires pour faire du feu, puis deux petits bâtons servant à découvrir des ruches. Pour obtenir ce résultat il faut sur ces baguettes prononcer l'invocation suivante : « Baguettes saintes, trois fois saintes, je vous ai achetées cher, je vous ai obtenues par de riches échanges, et je ne vous ai pas volées pendant la nuit. Vous êtes saintes, vraiment saintes, et c'est vous que j'implore.

Faites-moi trouver du miel, car sans vous je mourrai de faim et mes recherches seront vaines ».

Venaient ensuite : un morceau de bambou préservant des soupçons et des accusations, la partie supérieure du bec et le crâne encore recouvert de plumes de l'oiseau appelé *tataro*. Cette amulette a le don d'endormir les personnes qu'on veut voler. On la place contre le mur de leur case et on prononce la formule suivante : « Amulette sainte, vraiment sainte, je veux commettre un vol dans cette maison, et c'est toi que j'implore. Fais dormir les gens d'ici ! Qu'ils dorment, et que je puisse voler à mon aise ! Que personne ne vienne me déranger ! »

Le larcin accompli, au lieu de fuir à toutes jambes, le voleur reprend ses amulettes en récitant ce curieux verset : « Que les gens d'ici soient muets, qu'ils ne me voient pas commettre mon vol pendant leur sommeil ! Si c'est moi qui suis soupçonné d'être le voleur, qu'ils tremblent comme un jonc et qu'ils ne puissent pas m'accuser, malgré leurs soupçons ! Qu'ils soient comme le bois mort, car le bois que contient le batambana est du bois mort ! Qu'ils n'osent pas porter une accusation contre moi, que leur bouche reste fermée, ou qu'ils parlent d'autre chose que de mon vol ! »

Le tamango d'un chef rebelle contient des objets aussi intéressants : trois baguettes de ranoavao, sept bâtons de ramandrio, quatre spires de voantsimatra, liane qui s'enroule à la façon des volubilis. Le ranoavao et le ramandrio préservent des blessures, le voantsimatra paralyse le bras qui lance la sagaie. On trouve encore dans ce tamango des parcelles de caoutchouc coagulé, destinées à faire glisser les balles sur la peau, et des petits morceaux de charbon destinés à faire dévier les coups.

Comme on le voit, les fanafody des Tanala sont très variés, et on les emploie en une foule de circonstances. C'est ainsi que, pour empêcher quelqu'un d'avoir une femme, il faut faire brûler les herbes avec lesquelles le hérisson fait son nid, et faire cuire une écrevisse ; que pour être sûr de tuer un sanglier, il faut, avant de se mettre en chasse, enflammer une touffe de paille en travers du sentier.

À toutes ces pratiques superstitieuses vient encore s'ajouter l'usage des *fady*. Les Tanala qualifient de fady les animaux qu'ils s'abstiennent de tuer ou de manger, les arbres qu'ils se gardent bien d'abattre, les sentiers où ils évitent de passer, les actions qu'ils ne peuvent commettre, les jours où certaines pratiques sont défendues. Pour les zafirambo, la viande du porc, du sanglier, de l'anguille et de tous les animaux qu'ils ne tuent pas de leur propre main est fady. Pour Tsiandraofana, était encore fady la viande des canards de Barbarie et des bœufs dont la robe ne présentait pas de poils blancs. Pour tous les Tanala, il est fady de tuer une foule d'animaux dans le corps desquels les âmes peuvent se réfugier. Certains d'entre eux passent même des contrats avec des insectes venimeux, comme les scorpions. Ils les considèrent comme fady et, quand ils les rencontrent sur un sentier, ils les prennent et les jettent de côté sans leur faire aucun mal : ils espèrent qu'en revanche les scorpions ne les piqueront jamais. Il est fady de gravir certaines montagnes, comme l'Ambondrombe, demeure des âmes des morts ; de se baigner dans certaines rivières ; de construire des villages dans les endroits hantés par les lolo. Les objets et les actes fady varient d'ailleurs avec les individus. De même que Polycrate jetait un anneau dans la mer pour conjurer les retours de la Fortune, de même il semble que chaque Tanala s'impose tantôt des privations, tantôt des règles de vie particulières, tantôt des formalités bizarres, pour éviter les rancunes d'un angatra malfaisant, ou pour se concilier les faveurs divines.

Si les ombiasa sont les dépositaires des croyances les plus grossières, il faut pourtant reconnaître qu'ils possèdent quelques rudiments d'une science primitive. Ils sont d'abord des astrologues. Les Tanala ne connaissent guère les étoiles ; pourtant, ils ont donné le nom de Zohora à la planète Vénus, et se guident sur la marche du Telonorefy ou Baudrier d'Orion pour semer et moissonner le riz. La fixité d'une des étoiles de la Croix du Sud n'a jamais attiré leur attention. Quant à la divination des astres, elle est seulement connue de quelques vieux et rares ombiasa, qui ne divulguent guère leurs secrets. Elle semble consister dans l'examen de l'Anakintana, grosse étoile qui flamboie à l'orient, le matin avant le chant du coq. Elle n'est visible que pendant six mois. Encore faut-il que la lune ne soit pas pleine et que le temps soit clair. Comment se fait l'observation de cette fantastique étoile ? Comment les ombiasa en tirent-ils des prévisions sur l'abondance des récoltes, sur l'arrivée des épidémies, sur la fréquence des vols de sauterelles, sur la multiplication du nombre des caïmans ? il est très difficile de le dire. Quoi qu'il en soit, ils récitent comme toujours des formules magiques.

Les Tanala ont une façon précise et toute spéciale de décompter le temps. Ils le divisent en cycles de douze ans, en années de douze mois et en mois lunaires de douze semaines de deux ou trois jours chacune.

Les mois ont chacun 4 semaines de 3 jours, et 8 semaines de 2 jours. Pour compter le temps, les ombiasa se servent d'une lamelle de bambou percée de 28 trous, groupés par trois et par deux dans l'ordre des semaines. Une cheville, déplacée chaque jour, complète ce calendrier perpétuel. Malheureusement, les devins oublient souvent de la déplacer, et il en résulte dans l'appréciation du temps un manque de concordance complet entre les diverses tribus tanala. Il est souvent vendredi chez les Marohala, quand il est dimanche chez les Sandrabe.

Les jours jouissent de particularités spéciales, connus des seuls ombiasa. Grâce à elles, on peut savoir la couleur de la robe des bœufs en les entendant simplement mugir, et on peut connaître d'avance le sexe des enfants qui vont naître. Les filles ne viennent au monde que le dernier jour de la semaine. C'est également d'après la date de leur naissance, que les devins donnent des noms aux enfants. Mais ces noms sont bientôt remplacés par des sobriquets rappelant des qualités ou des défauts physiques.

Souvent même les enfants sont dénommés d'un nom d'objet (Ipakitra, la tabatière ; Isambo, le bateau) ou d'un nom d'animal (Ilambo, le sanglier). Enfin plus tard ils abandonnent leur premier nom pour conjurer le mauvais sort qu'ils y croient attaché ou pour en prendre un plus pompeux (Tsimataobario, celui qui ne craint pas les remparts ; Andriamanapaka, le noble qui commande).

La seule écriture connue des Tanala avant l'occupation française était l'écriture arabe. Ils la désignent sous le nom de *sora-be*. Cette écriture paraît avoir été dans l'Ikongo le privilège de quelques rares lettrés. Sous l'influence des ombiasa, elle a bien vite revêtu un caractère sacré, et il semble que son usage ait été limité à la transcription de formules magiques, primitivement sans doute versets du Coran, plus tard hiéroglyphes vénérés mais indéchiffrables, même par leurs possesseurs. C'est ainsi qu'un vieillard de Belemoka, presque aveugle, conservait précieusement dans un étui de cuir un manuscrit arabe. Les vers, les rats en rongeaient peu à peu les bords ; alors le vieux Tanala, pour leur redonner une forme rectiligne, les coupait au couteau, enlevant aussi bien les marges que les caractères. Il prétendait que ce sora-be lui était indispensable pour faire le sikidy et pour indiquer les remèdes ; et de fait, en feignant de le lire, il désignait à ses clients toutes sortes de fanafody fantastiques, arbres, plantes ou animaux. Jamais il ne voulut s'en débarrasser à prix d'argent ; mais, quand on lui eut montré un carnet en papier d'emballage imitant son papyrus et revêtu de caractères tracés à tout hasard, mais noirs et distincts, il consentit immédiatement à l'échange, et se laissa aller à une joie sans bornes : son nouveau sora-be était plus clair que l'ancien, il le lisait plus facilement malgré sa mauvaise vue.

L'écriture arabe n'est plus connue dans l'Ikongo que de quelques rares Tanala d'Ankarimbelo, ayant autrefois séjourné dans la région de Vohipeno. La foule a pour les sora-be un respect superstitieux : elle ne voit en eux qu'incantations et maléfices, et elle considère ceux qui les possèdent comme de puissants sorciers.

Parler de l'art chez les Tanala est sans doute chose délicate. Mais est-il possible que ce peuple jaloux de son histoire et de sa liberté, possesseur de croyances religieuses si pittoresques, n'ait pas une conception originale du beau, des notions esthétiques particulières, et même un certain sentiment de la nature ? Le culte de la beauté pourrait-il ne pas exister chez une race aux hommes vigoureux, aux femmes sveltes, dont les formes souples et harmonieuses font songer à l'antique statue de Diane chasseresse ? Tous ces sentiments doivent certainement se trouver chez eux à l'état latent, car il est difficile de croire qu'un peuple quelconque y puisse rester complètement étranger. Mais une civilisation encore peu avancée, une paresse naturelle les ont empêchés de les manifester. On en trouve pourtant de vagues traces dans leur façon de se vêtir, de se parer, d'orner leurs maisons, de confectionner les outils, les armes et les autres menus objets, et des vestiges plus intéressants dans la musique, la danse et la poésie.

Les seuls vêtements des hommes sont le *salaka*, longue bande de toile qui passe entre les jambes et s'enroule ensuite autour des reins, et le *lamba.* Encore n'est-ce point le lamba hova, tantôt d'une blancheur immaculée, tantôt teint de couleurs variées, mais toujours savamment drapé et retombant en plis harmonieux à la façon d'une toge : c'est un morceau d'écorce, fendillé, rigide, étroit, mal travaillé et mal assoupli à l'aide d'un maillet ; c'est quelquefois aussi un morceau d'étoffe étriqué, déchiré et sale. Tout respire ici la pauvreté et la paresse. Les jours de chasse et de combat, ce lamba primitif est abandonné pour un justaucorps en jonc tressé, sans manches, descendant à mi-cuisse, s'arrêtant aux aisselles, et retenu sur l'épaule droite par un lien quelconque. Ce vêtement fixé à la taille par une ceinture est également celui des femmes. Il est quelquefois remplacé par une pièce de toile enroulée autour des reins, et rarement complétée par un lamba. Quant aux enfants, ils sont nus jusqu'à l'âge de quatre ou cinq ans.

La coiffure consiste en un chapeau de paille rond et sans bords, en forme de calotte. L'arrangement des cheveux est le même pour les deux sexes, et ne manque pas d'originalité. Ils sont disposés en une multitude de petites tresses, courtes comme des bigoudis et alignées en rangées horizontales et parallèles, comme la chevelure des guerriers assyriens représentés sur les bas-reliefs. Souvent les femmes augmentent la longueur de ces tresses, mais sans jamais leur donner plus de dix centimètres ; quelquefois encore, surtout chez les Vohimanana où se fait sentir l'influence bara, elles les disposent en boules enduites de graisse, ou bien en bandeaux allant du front à la nuque où ils se terminent en chignon.

Cette coiffure est complétée par des ornements. Les hommes se contentent de quelques bouts de bois, d'une ou deux perles accrochées à une mèche. Les femmes portent une couronne de perles blanches, ornée sur le devant d'un disque d'étain. Au-dessous de cette couronne, elles placent le *miriza*, bandeau de drap noir festonné de perles blanches et rouges. Derrière la tête ou sur le côté, elles suspendent des perles et des plaques d'étain ; quelquefois encore elles fixent dans leur chevelure des pièces de monnaie ou des baguettes de bois ornées de clous dorés. Elles chargent la tête de leurs enfants de longues perles en faïence colorée qui leur retombent sur le front. Les colliers sont également en grand honneur dans l'Ikongo.

Le tatouage vient compléter ces ornements. Il est pratiqué à l'aide de piqûres enduites de suie et on le trouve chez soixante femmes sur cent. Il leur sert à accentuer la ligne des sourcils, à dessiner des colliers sur la poitrine, des ornements divers sur les bras. Sur les mollets, il affecte la forme des lacis des jambières écossaises ; sur le dos de la main, il suit les phalanges. Les hommes portent eux aussi des tatouages sur la poitrine, sur les bras et sur les épaules. Tous ces dessins sont réguliers et bien symétriques, mais ils sont tous rectilignes. Jamais, comme dans le Betsileo, ils ne représentent un bœuf ou un autre animal.

Les Tanala ne sont pas plus soucieux de leur habitation que de leurs vêtements. Ils se contentent de cases carrées d'environ $3^{m}50$ de côté, et composées d'une seule pièce. Les murs latéraux ont au maximum 2 mètres de hauteur, le faîte du toit s'élève en moyenne à 4 mètres. Ces maisons exiguës sont tantôt bâties sur le sol, tantôt légèrement surélevées. Dans ce dernier cas, le plancher est formé de pièces de bois mal équarries ou bien d'écorces d'arbre développées et aplaties. Il est recouvert de nattes. Dans un coin, le sol exhaussé s'élève à la hauteur du plancher et forme le foyer. Les murs sont ordinairement en bambous écrasés et tressés ; souvent aussi, surtout en descendant vers la côte, ils sont formés par les grosses nervures des feuilles de l'arbre du voyageur embrochées côte à côte ; quelquefois enfin ils sont faits avec des feuilles de vakoa, principalement dans les villages au pied de la falaise et dans la forêt, ou simplement en paille ou en feuilles d'amomum. Le toit est en chaume ou en feuilles de l'arbre du voyageur. Sa partie supérieure déborde et se termine en pointe aux deux pignons, donnant à chacun des versants la forme d'un trapèze régulier dont la grande base serait le faîte. Les petites vérandas ainsi construites protègent les deux façades contre la pluie. Une ouverture est pratiquée sur chacun des quatre côtés de la case. Ces portes sont fermées par de simples claies. Les maisons des chefs se distinguent des autres par des dimensions un peu plus grandes et par une construction plus soignée.

Le mobilier est sommaire. À $1^{m}50$ environ au-dessus du foyer se trouve une grande étagère en bambous : c'est là que se placent le bois à brûler, les marmites, les diverses provisions. Du côté opposé et située à la même hauteur, une longue planche occupe toute la largeur de la case. On y voit des nattes roulées, des paniers contenant du riz, des haricots, du manioc, des cuillers et autres ustensiles de ménage. Dans un coin de la maison, on aperçoit un van, un mortier à piler le riz, un tonneau à miel, des haches, des sagaies, des bûches, des cannes. Des bouteilles sont suspendues aux murs. Il n'y a pas de lit : les Tanala se contentent de dérouler chaque soir une natte, et de s'y étendre. C'est là tout le mobilier, c'est là toute l'habitation. Le seul ornement consiste en de petites cornes en bois, en forme de croissant, et surmontant chaque pignon. D'autres cornes droites et pointues, parfois longues de 1 mètre à $1^{m}50$, servent à désigner la maison des chefs, où l'on donne l'hospitalité aux étrangers et où l'on dépose les morts.

Les outils et les armes des Tanala témoignent d'une habileté qui ne se manifeste ni dans leurs vêtements, ni dans leur parure, ni dans leur habitation. Leurs haches ont une forme légère et élégante, elles sont forgées avec beaucoup de soin, et parfaitement emmanchées. Leurs sagaies sont bien effilées ; leur fer avec sa nervure imite la feuille de laurier, la hampe se termine par un talon. Leurs boîtes à briquet, qu'ils portent toujours à la ceinture, sont des modèles d'ébénisterie. Quand elles ne sont pas d'une seule pièce, le fond rapporté et fixé à l'aide de légères chevilles de bois est ajusté d'une façon merveilleuse ; le couvercle s'adapte toujours avec beaucoup de précision, de façon à mettre le contenu de la boîte à l'abri de l'eau. Tantôt elles ont la forme d'un prisme triangulaire droit ; tantôt le couvercle seul a cette forme, tandis que la boîte est arrondie. Quelquefois aussi le couvercle et la boîte sont tous les deux demi-circulaires, et l'ensemble représente une calotte sphérique. Les Tanala savent également tresser des nattes. Les femmes les ornent d'arabesques, de dessins géométriques, de lignes qui se croisent et s'entre-croisent en tous sens. Enfin elles fabriquent des chapeaux de forme ronde, en paille légère, qui sont loin d'être dépourvus d'élégance.

De ce rapide examen de la vie des Tanala, de la façon dont ils se parent ou se tatouent, de la manière dont ils ornent leurs maisons, du soin et de la perfection qu'ils apportent dans certains travaux, on peut conclure qu'ils ne sont pas dénués de goût, et qu'ils ont une certaine notion du beau. Mais cette notion est encore trop rudimentaire chez eux, pour nous donner une idée de leur esprit artistique. Seules, la danse, la musique et la poésie vont nous renseigner sur la mentalité des Tanala, sur ce qui constitue le plus intime de leur caractère.

La danse est généralement exécutée par un ou deux hommes, et quelquefois par des femmes. Elle n'a rien de commun avec nos danses européennes dont les mouvements uniformes, réglés sur la musique, n'ont qu'une valeur purement esthétique, sans signification morale. Chez nous simple et gracieux exercice de salon, elle est chez les Tanala expressive au plus haut degré. L'exécutant y met toute son âme : son visage, ses mains, ses jambes, tout chez lui travaille à produire un effet sur l'esprit des spectateurs. Tantôt c'est la joie qu'il veut exprimer : alors, la figure souriante, il trépigne et agite ses mains, ou bien tourne à pas précipités sur la place du village en ployant et déployant son lamba. Tantôt c'est le désir et, jetant son chapeau par terre, il s'en approche avec forces contorsions, puis se retire brusquement comme s'il n'osait le prendre. La convoitise éclaire son visage, ses yeux brillent ; il danse autour de l'objet, s'avance peu à peu, accélère le rythme de ses mouvements, s'abaisse, se relève, s'appuie sur les mains, puis lentement saisit son chapeau, et, radieux, le montre aux assistants. La frayeur est représentée avec autant de puissance : tantôt c'est une marche craintive et rapide, le corps ployé en deux, tantôt c'est l'allure lente de quelqu'un qui tremble ou qui supplie ; tout à coup c'est une fuite brusque avec un cri de terreur, c'est une volte-face subite, une course folle en sens inverse ; puis c'est un arrêt soudain, avec un visage empreint de terreur et déformé par des grimaces, une danse sur place, un frémissement de tout le corps ; les épaules et les bras se tordent, les mains s'ouvrent, se ferment, se tournent en tous sens. Le danseur semble implorer une divinité infernale qui le torture, il paraît vouloir secouer les horribles visions qui le hantent, et bientôt, épuisé, couvert de sueur, il s'arrête, et va se reposer au milieu des spectateurs.

La reproduction des attitudes, des gestes familiers de l'homme et du vol de certains oiseaux constitue un autre caractère des danses tanala. Ici des danseurs tournent en s'appuyant alternativement sur le sol avec chaque main ; là, ils rampent, le visage dirigé vers le soleil.

Une danse évoque le geste des chercheurs de miel, qui placent leur main sur le front en guise de visière, pour regarder le vol des abeilles sans être éblouis par le soleil. Une autre simule un combat, avec des sagaies qui se croisent et des boucliers qui se heurtent, ou bien imite l'arrivée de l'étranger dans un village. Un des danseurs, souriant, tend la main à son camarade ; il semble l'inviter à entrer chez lui, à goûter au riz blanc de l'écuelle et à l'eau transparente des cruches en bambou. Voici encore des mains qui tremblent au-dessus des têtes, pour reproduire le vol du faucon qui s'arrête immobile dans les airs en agitant très rapidement ses ailes et qui tout d'un coup plonge sur sa proie. D'autres danses enfin ne sont qu'un exercice de souplesse. L'une consiste à tourner autour d'une claie en bambous tressés, tout en la maintenant en équilibre ; l'autre à pencher le plus possible le corps en arrière avec un objet posé sur la poitrine.

La musique est l'accompagnement indispensable de la danse. Les Tanala se servent tantôt d'une grosse caisse, tantôt de deux tambours, l'un au son grave, l'autre au son plus aigu. Souvent même ils se contentent d'un gros bambou placé horizontalement sur quatre pieux en croix. Avec des morceaux de bois, ils le frappent à coups redoublés jusqu'à ce qu'il se brise. Ils produisent ainsi une cacophonie étrange tenant à la fois du son des castagnettes et du bruit de la grêle sur les toits. Les femmes entonnent en même temps un hymne puissant et monotone. Cette étrange harmonie ne comporte pas de paroles, mais de simples motifs incompréhensibles répétés mille et mille fois jusqu'à épuisement. Toutes les voix de la nature ont leur part dans cette onomatopée fantastique : c'est l'ouragan qui souffle dans la forêt vierge, qui fait gémir les vieux arbres et vibrer les énormes lianes ; c'est le cliquetis et le sifflement des bambous, c'est la chute sourde des troncs séculaires et le bruissement des feuilles qui tombent ; c'est l'orage qui gronde lugubre à tous les échos de l'Ikongo ; quelquefois les chanteuses soutiennent la danse d'un ronflement continu, d'un souffle haletant semblable à un râle gigantesque, et composé de séries de quatre aspirations gutturales, dont la première est la plus haute. Au bout de quelques instants, ce râle éclate en un cri déchirant, discordant, qui fait frémir et sursauter la foule. Puis le même ronron recommence pendant le même temps, et le danseur, enivré par ce rauque accompagnement, continue à représenter toutes les passions et tous les actes de la vie.

Ces chœurs étranges, cette puissante musique se font entendre dans toutes les grandes circonstances : cérémonies de la salamanga et de la circoncision, arrivée d'un chef dans un village, mort d'un personnage influent. Mais la musique n'a pas toujours ce caractère collectif. Accroupi sur une natte, le Tanala pince la corde d'un arc et en tire les sons d'une cithare, tout en agitant des graines ou du sable dans une boîte en feuilles de *vakoa*. Quelquefois aussi il joue du *lokanga*, violon primitif dont une citrouille forme la caisse sonore. Mais la plupart du temps il préfère la flûte ou le *valiha*. Le valiha est un cylindre de bambou dont l'écorce est soulevée suivant les génératrices, de façon à former les cordes d'une guitare. Après le coucher du soleil, les Tanala jouent sur cet instrument de longues mélopées, et psalmodient d'interminables refrains. Cette douce et triste musique ne s'inspire plus des grands phénomènes naturels comme les vents ou l'ouragan, mais on retrouve en elle le calme des nuits tropicales, la mélancolie des villages endormis et la douceur des clairs de lune.

Il existe dans l'Ikongo une poésie populaire, rustique et primitive, qui ne manque pas de pittoresque. Elle est le reflet du caractère et des mœurs des Tanala : grands chasseurs, parcourant sans cesse la forêt, profonds observateurs des mœurs des animaux, doués en même temps d'un bon sens plein de rusticité et de franchise, comment n'auraient-ils point inventé d'ingénieux rapprochements, et formulé de sages mais primitives sentences ? Encore trop peu civilisés pour parler un langage abstrait, ils trouvent autour d'eux des objets de comparaison qui leur permettent d'exprimer leurs douleurs, leurs joies, leurs pensées les plus intimes. Le cardinal qui siffle, le poisson qui frétille dans l'eau, le gingembre qui pousse dans les pierres, tout éveille chez eux une idée, et le simple énoncé d'un phénomène journalier, blanche aigrette qui s'envole, citrons dorés au bord de la route, leur suffit pour traduire les plus délicates sensations. On le voit, la danse, la musique et la poésie tanala ont pour sources communes le culte et l'imitation de la nature.